AF310833

Du Fantastique

en Littérature.

Si l'on cherche comment dut procéder l'imagination de l'homme
dans le choix de ses premières jouissances, on arrivera naturelle-
ment à croire que la première littérature, esthétique par nécessité
plutôt que par choix, se renferma long-temps dans l'expression
naïve de la sensation. Elle compara un peu plus tard les sensations
entre elles ; elle se plut à développer les descriptions, à saisir les
côtés caractéristiques des choses, à suppléer aux mots par les figures. Tel est l'objet de la poésie primitive. Quand ce genre d'im-
pression fut modifié et presque usé par une longue habitude, la
pensée s'éleva du connu à l'inconnu. Elle approfondit les lois oc-
cultes de la société ; elle étudia les ressorts secrets de l'organisation
universelle ; elle écouta, dans le silence des nuits, l'harmonie
merveilleuse des sphères, elle inventa les sciences contemplatives
et les religions. Ce ministère imposant fut l'initiation du poète au
grand ouvrage de la législation. Il se trouva, par le fait de cette
puissance qui s'était révélée en lui, magistrat et pontife, et s'ins-
titua au-dessus de toutes les sociétés humaines un sanctuaire sacré

duquel il ne communiqua plus avec la terre que par des instructions solennelles, du fond du buisson ardent, du sommet du Sinaï, des hauteurs de l'Olympe et du Parnasse, des profondeurs de l'antre de la Sibylle, à travers les ombrages des chênes prophétiques de Dodone ou des bosquets d'Égérie. La littérature purement humaine se trouva réduite aux choses ordinaires de la vie positive, mais elle n'avait pas perdu l'élément inspirateur qui la divinisa dans le premier âge. Seulement, comme ses créations essentielles étaient faites, et que le genre humain les avait reçues au nom de la vérité, elle s'égara à dessein dans une région idéale moins imposante, mais non moins riche en séductions ; et, pour tout dire, elle inventa le mensonge. Ce fut une brillante et incommensurable carrière où, abandonnée à toutes les illusions d'une crédulité docile, parce qu'elle était volontaire, aux prestiges ardens de l'enthousiasme, si naturel aux peuples jeunes, aux hallucinations passionnées des sentimens que l'expérience n'a pas encore désabusés, aux vagues perceptions des terreurs nocturnes, de la fièvre et des songes, aux rêveries mystiques d'un spiritualisme tendre jusqu'à l'abnégation ou emporté jusqu'au fanatisme, elle augmenta rapidement son domaine de découvertes immenses et merveilleuses, bien plus frappantes et bien plus multipliées que celles que lui avait fourni le monde plastique. Bientôt toutes ses fantaisies prirent un corps, tous ces corps factices une individualité tranchante et spéciale, toutes ces individualités une harmonie, et le monde intermédiaire fut trouvé. De ces trois opérations successives, celle de l'intelligence inexplicable qui avait fondé le monde matériel, celle du génie divinement inspiré qui avait deviné le monde spirituel, celle de l'imagination qui avait créé le monde fantastique, se composa le vaste empire de la pensée humaine. Les langues ont fidèlement conservé les traces de cette génération progressive. Le point culminant de son essor se perd dans le sein de Dieu, qui est la sublime science. Nous appelons encore *superstitions*, ou science des choses élevées, ces conquêtes secondaires de l'esprit, sur lesquelles la science même de Dieu s'appuie dans toutes les religions, et dont le nom indique dans ses élémens qu'elles sont encore placées au-delà de toutes les portées vulgaires. L'homme purement rationnel est au dernier degré. C'est au second, c'est-à-dire dans la région moyenne du fantastique et de l'idéal, qu'il faudrait placer le poète, dans une bonne classification philosophique du genre humain.

J'ai dit que la science de Dieu elle-même s'était appuyée sur le monde fantastique ou *superstant*, et c'est une de ces choses qu'il est à peu près inutile de démontrer. Je ne considère ici que les emprunts qu'elle a faits à l'invention fantastique chez toutes les nations, et les bornes étroites que je me suis prescrites ne me permettent pas de multiplier les exemples qui se présentent aisément d'ailleurs à tous les esprits. Qui ne se rappelle au premier abord les amours si mystérieux des anges, à peine nommés dans l'Écriture, avec les filles des hommes, l'évocation de l'ombre de Samuel par la vieille pythonisse d'Endor, cette autre vision sans forme et sans nom, qui se manifestait à peine comme une vapeur confuse, et dont la voix ressemblait à un petit souffle, cette main gigantesque et menaçante qui écrivit une prophétie de mort, au milieu des festins, sur les murs du palais de Balthazar, et surtout cette incomparable épopée de l'Apocalypse, conception grave, terrible, accablante pour l'ame comme son sujet, comme le dernier jugement des races humaines, jeté sous les yeux des jeunes églises par un génie de prévision qui semble avoir anticipé sur tout l'avenir, et s'inspirer de l'expérience de l'éternité !

Le fantastique religieux, s'il est permis de s'exprimer ainsi, fut nécessairement solennel et sombre, parce qu'il ne devait agir sur la vie positive que par des impressions sérieuses. La fantaisie purement poétique se revêtit au contraire de toutes les grâces de l'imagination. Elle n'eut pour objet que de présenter sous un jour hyperbolique toutes les séductions du monde positif. Mère des génies et des fées, elle sut emprunter elle-même aux fées les attributs de leur puissance et les miracles de leur baguette. Sous son prisme prestigieux, la terre ne sembla s'ouvrir que pour découvrir des rubis aux feux ondoyans, des saphirs plus purs que l'azur du ciel ; la mer ne roula que du corail, de l'ambre et des perles sur ses rivages; toutes les fleurs devinrent des roses dans le jardin de Sadi, toutes les vierges, des houris dans le paradis de Mahomet. C'est ainsi que prirent naissance, au pays le plus favorisé de la nature, ces contes orientaux, resplendissante galerie des prodiges les plus rares de la création et des rêves les plus délicieux de la pensée; trésor inépuisable de bijoux et de parfums qui fascine les sens et divinise la vie. L'homme qui cherche inutilement une compensation passagère à l'amer ennui de sa réalité n'a probablement pas lu encore *les Mille et une Nuits.*

De l'Inde, cette muse capricieuse, à la riante parure, aux voiles embaumés, aux chants magiques, aux éblouissantes apparitions, arrêta son premier vol sur la Grèce naissante. Le premier âge de la poésie finissait avec ses inventions mystiques. Le ciel mythologique était peuplé par Orphée, par Linus, par Hésiode. L'*Iliade* avait complété cette chaîne merveilleuse du monde sublime en rattachant à son dernier anneau les héros et les demi-dieux, dans une histoire sans modèle jusque là, où l'Olympe communiquait pour la première fois avec la terre, par des sentimens, des passions, des alliances et des combats. L'*Odyssée*, seconde partie de cette grande bilogie poétique, et il ne me faut point d'autre preuve qu'elle fut conçue par le génie sans rival qui avait conçu la première, nous montra l'homme en rapport avec le monde imaginaire et le monde positif, dans les voyages aventureux et fantastiques d'Ulysse. Là, tout se ressent du système d'invention des Orientaux, tout manifeste l'exubérance de ce principe créateur qui venait d'enfanter les théogonies, et qui répandait abondamment le superflu de sa polygénésie féconde sur le vaste champ de la poésie, semblable à l'habile sculpteur qui, des restes de l'argile dont il a formé la statue d'un Jupiter ou d'un Apollon, se délasse à pétrir sous ses doigts les formes bizarres, mais naïves et caractéristiques d'un grotesque, et qui improvise, sous les traits difformes de Polyphême, la caricature classique d'Hercule. Quelle prosopopée plus naturelle et plus hardie à la fois que l'histoire de Carybde et de Scylla? N'est-ce pas ainsi que les anciens navigateurs ont dû se représenter ces deux monstres de la mer, et l'effroyable tribut qu'ils imposent au vais-

seau inexpérimenté qui ose tenter leurs écueils, et l'aboiement des
vagues qui hurlent en bondissant dans leurs rochers? Si vous n'a-
vez pas entendu parler encore des mélodies insidieuses de la Syrène,
des enchantemens plus séducteurs d'une sorcière amoureuse qui
vous captive par des liens de fleurs, de la métamorphose du curieux
téméraire qui se trouve tout à coup saisi, dans une île inconnue
aux voyageurs, des formes et des instincts d'une bête sauvage,
demandez-en des nouvelles au peuple ou à Homère. La descente
du roi d'Ithaque aux enfers rappelle, sous des proportions gigantesques et admirablement idéalisées, les goules et les vampires
des fables levantines, que la savante critique des modernes reproche à notre nouvelle école; tant les pieux sectateurs de l'antiquité
homérique, auxquels est si risiblement confiée chez nous la garde
des bonnes doctrines, sont loin de comprendre Homère ou se sou-
viennent mal de l'avoir lu!

Le fantastique demande à la vérité une virginité d'imagination
et de croyances qui manque aux littératures secondaires, et qui
ne se reproduit chez elle qu'à la suite de ces révolutions dont le
passage renouvelle tout; mais alors, et quand les religions elles-
mêmes ébranlées jusque dans leurs fondemens ne parlent plus à
l'imagination, ou ne lui portent que des notions confuses de jour en
jour obscurcies par un scepticisme inquiet, il faut bien que cette faculté de produire le merveilleux dont la nature l'a douée s'exerce
sur un genre de création plus vulgaire, et mieux approprié aux
besoins d'une intelligence matérialisée. L'apparition des fables
recommence au moment où finit l'empire de ces vérités réelles ou
convenues, qui prêtent un reste d'ame au mécanisme usé de la
civilisation. Voilà ce qui a rendu le fantastique si populaire en
Europe depuis quelques années, et ce qui en fait la seule littérature essentielle de l'âge de décadence ou de transition où nous
sommes parvenus. Nous devons même reconnaître en cela un bien-
fait spontané de notre organisation, car si l'esprit humain ne se
complaisait encore dans de vives et brillantes chimères, quand il
a touché à nu toutes les repoussantes réalités du monde vrai,
cette époque de désabusement serait en proie au plus violent déses-

poir, et la société offrirait la révélation effrayante d'un besoin unanime de dissolution et de suicide. Il ne faut donc pas tant crier contre le romantique et contre le fantastique. Ces innovations prétendues sont l'expression inévitable des périodes extrêmes de la vie politique des nations, et sans elles, je sais à peine ce qui nous resterait aujourd'hui de l'instinct moral et intellectuel de l'humanité.

Ainsi, à la chute du premier ordre de choses social dont nous ayons conservé la mémoire, celui de l'esclavage et de la mythologie, la littérature fantastique surgit, comme le songe d'un moribond, au milieu des ruines du paganisme, dans les écrits des derniers classiques grecs et latins, de Lucien et d'Apulée. Elle était alors en oubli depuis Homère; et Virgile même, qu'une imagination tendre et mélancolique transportait aisément dans les régions de l'idéal, n'avait pas osé emprunter aux muses primitives les couleurs vagues et terribles de l'enfer d'Ulysse. Peu de temps après lui, Sénèque, plus positif encore, alla jusqu'à déposséder l'avenir de son impénétrable mystère, dans les chœurs de *la Troade*; et alors expira, étouffée sous sa main philosophique, la dernière étincelle du dernier flambeau de la poésie. La muse ne se réveilla plus qu'un moment, fantasque, désordonnée, frénétique, animée d'une vie d'emprunt, se jouant avec des amulettes enchantées, des touffes d'herbes vénéneuses et des os de morts, aux lueurs de la torche des sorcières de Thessalie, dans *l'Ane de Lucius*. Tout ce qui est resté d'elle depuis, jusqu'à la renaissance des lettres, c'est ce murmure confus d'une vibration qui s'éteint de plus en plus dans le vide, et qui attend une impulsion nouvelle pour recommencer. Ce qui est arrivé des Grecs et des Latins devait arriver pour nous. Le fantastique prend les nations dans leurs langes, comme le roi des aulnes, si redouté des enfans, ou vient les assister à leur chevet funèbre, comme l'esprit familier de César; et quand ses chants finissent, tout finit.

Notre littérature moderne ne fut pas moins soumise que la littérature latine à l'esprit d'imitation. Mais l'invasion des Maures, si favorable, en ce point, au développement moral du moyen âge, avait déjà transporté sur notre sol le génie vivace et producteur des jeunes poésies. Sans cet événement la littérature classique, soigneusement perpétuée jusqu'à nous par le zèle admirable des moines, se relevait tout entière et sans intermédiaire, du sein de la barbarie, au premier appel d'une société avide des lumières de l'esprit, et c'est ce qui advint plus tard, quand l'imprimerie eut jeté à foison dans la circulation les œuvres de l'antiquité, c'est-à-dire une création littéraire toute faite. Singulière époque, où une génération de savans et de poètes reproduisit tout à coup les sophistes d'Alexandrie, les grammairiens du Bas-Empire et les versificateurs de la décadence romaine, comme un peuple d'Épiménides, inspirés d'une religion, d'une civilisation et d'une langue mortes, et qui ne différaient en quelque sorte d'eux-mêmes que par cette langueur d'organes et d'imagination qui trahit l'abattement d'un long sommeil. A leur aspect, le fantastique s'évanouit ; mais il éclairait seul l'Europe depuis quelques siècles. C'est lui qui avait inventé ou embelli l'histoire des âges équivoques de nos jeunes nations, peuplé nos châteaux en ruines de visions mystérieuses, évoqué sur les donjons la figure des fées protectrices, ouvert un refuge impénétrable, dans le creux des rochers ou sous les créneaux des murs abandonnés, à la formidable famille des vouivres et des dragons. C'est lui qui avait allumé sur leur front les feux de l'escarboucle, quand ils traversent rapidement le ciel comme une étoile qui tombe ; lui qui égarait les voyageurs au bord des eaux stagnantes, sur la trace capricieuse du follet ; qui consolait leur veillée rustique dans la cabane du bucheron, au coin d'un âtre hospitalier, par les jeux inoffensifs des lutins ; qui entretenait de douces promesses les espérances crédules des jeunes filles, et de doux loisirs la rêverie sédentaire des vieillards, hélas ! si tôt déçue par la mort. Le fantastique était partout alors, dans les croyances les plus sévères de la vie comme dans ses erreurs les plus gracieuses, dans ses solennités comme dans ses fêtes. Il occupait le barreau, la chaire et le théâtre ; il s'asseyait avec Albert-le-Grand dans les stalles du sanctuaire ; avec Agrippa, dans le cabinet du philosophe ; avec Roger-Bacon et Paracelse, dans le laboratoire du chimiste, et introduisait

la nécromancie et l'astrologie judiciaire jusque dans le conseil des
rois. Son influence ne sera jamais oubliée en littérature, où elle
produisit les récits naïfs des légendes, où elle anima d'une pompe
si imposante la chronique des tournois, des batailles et des croi-
sades ; où elle se répandit à pleins bords dans les gabs des vieux
conteurs et dans les fabliaux des trouvères. C'est à elle que nous
devons les romans de chevalerie, espèce d'épopée innommée, dans
laquelle se confondent avec une harmonie inexprimable toutes les
scènes d'amour et d'héroïsme du moyen âge ; amour sans exemple,
dans lequel on ne sait qu'admirer davantage de la pudique ten-
dresse de l'aimée ou de l'enthousiasme passionné de l'amant ; héroïsme idéal, qui avait tout à combattre, la bravoure des hommes
de guerre, la colère des rois paladins, les embûches de la trahison,
les bouleversemens de la nature domptée par la magie, l'interven-
tion de mille puissances inattendues, modifiées sous des aspects
toujours nouveaux, au gré de l'imagination inventrice du roman-
cier, par tous les accidens possibles de la fatalité ; et qui triom-
phait de tout. Ce n'était plus Junon, Neptune ou Vénus excités,
comme dans la théogonie païenne, à la perte d'un homme : c'était
l'univers entier personnifié sous une multitude d'individualités
différentes, et luttant contre un guerrier couvert, pour toute dé-
fense, de son courage, de son amour et de son bon droit. Ce n'é-
tait plus la querelle honteuse et sanglante de deux peuples acharnés
à se détruire pour la cause ou pour la réparation du rapt et de l'a-
dultère : c'était le procès moral du juste et de l'injuste, débattu
dans l'intérêt général des hommes entre le ciel et l'enfer, sous les
yeux d'une Hélène qui en était le prix, et non pas l'objet, et qui,
plus heureuse que l'autre, pouvait se dévoiler sans rougir devant
les deux camps. Ce fut là, il faut en convenir, une merveilleuse
poésie, un ordre d'inventions tel que si les anciens avaient eu les
Amadis, nous ne parlerions peut-être pas d'Achille ; une imagination tout à la fois grandiose et charmante, qu'on ne renouvellera
plus, et qu'on regrettera toujours, comme cette jument de Ro-
land, qui était si belle, si forte, si agile ; qui imprimait si puis-
samment son pied sur le sable de la lice et du champ de bataille,

dont la main des princesses avait brodé la housse et les harnois, et qui est morte.

Si j'étais capable de ressentir quelque mouvement de haine contre Cervantes, je lui reprocherais peut-être d'avoir contribué plus que personne à nous ravir ces délicieuses fantaisies du génie des siècles intermédiaires, qu'il brisa aussi facilement que don Quichotte avait fait les marionnettes de Ginésille; mais je suis obligé de convenir que cette œuvre de destruction, qui nous a valu d'ailleurs un des plus beaux livres qu'ait produits l'imagination des modernes, était probablement la condition indispensable de sa destinée littéraire. Quand les fables d'un peuple ont vieilli, l'impitoyable instinct de changement qui réside en lui se manifeste à son jour et à son heure, et il vient manifester aux hommes, par des signes certains, qu'il faut recommencer la vie sociale sur nouveaux frais, sans égard aux traditions et aux sympathies du passé. Il déchaîne alors des esprits de dérision, poussés d'une haine irréfléchie, qui se font des hochets de ce que tous les siècles antérieurs ont vénéré, et qui jouent avec ces débris d'une civilisation expirante, en proférant des paroles d'ironie et de dédain, comme Hamlet, pesant la cendre des morts et analysant dans le crâne d'un fou les ressorts de l'intelligence, à la fosse d'Yorick. C'est ainsi que Lucien fut envoyé à la fin du paganisme, Cervantes après la chevalerie, Érasme et Rabelais avec la réforme, et Voltaire au devant des révolutions politiques qui allaient accompagner la grande conflagration du christianisme. Quand un ordre de choses meurt, il y a toujours quelque ingénieux démon qui assiste en riant à son agonie, et qui lui donne le coup de grâce avec une marotte.

Le premier génie fantastique de la renaissance par ordre de date, et aussi par ordre de supériorité, car, dans les chefs-d'œuvre qui le révèlent, le génie n'est pas progressif, c'est Dante. Il arriva de lui-même, et tout seul, au dernier crépuscule d'une société finie, à la première aube d'une société commencée, et quoiqu'il eût ouvert la carrière, il la remplit toute. Il est vrai qu'il plaça le théâtre de sa terrible fantasmagorie sous la protection des croyances de son temps ; mais il le fit sien par les passions , par les acteurs , et même par les détails de la scène, qui ne sont ni homériques, ni virgiliens, mais dantesques. On trouve souvent aujourd'hui des critiques pleins de goût, qui déplorent l'erreur de cette magnifique imagination, et la confusion apparente de cette fable poétique, où le Virgile du moyen âge prend pour introducteur dans l'enfer chrétien le Virgile du paganisme. Cette idée est cependant le pivot de sa composition, et c'est elle qui la rend sublime. L'enfer d'une théogonie particulière aurait été trop étroit pour une si large invention. Il fallait que Dante s'y précipitât, sur le torrent des siècles, sans ménagement pour les formes circonscrites d'une timide épopée, et ce qu'il a conservé des idées universellement reçues est au contraire une concession très-ingénieuse et très-légitime au mythisme de son époque, qui était de sa propre nature une des pièces essentielles de *la Divine Comédie*, mais qui ne pouvait en former l'ame exclusive dans cette conception de géant. Aussi l'enfer de Dante ne ressemble à aucun des innombrables enfers que la sombre mélancolie des poètes a inventés, et qui rappellent plus ou moins entre eux le *vade in pace* du monachisme et la chambre des tortures de l'inquisition. Dans son architecture colossale, il contient tous les enfers, et il est propre à recevoir pendant les siècles éternels toutes les générations des méchans. Cette création atrabilaire ne doit pas être mesurée au compas de l'artiste et aux unités du rhéteur. Sa grandeur est dans sa liberté sans frein, dans le droit conquis de faire jouer incessamment sur le miroir à mille facettes de l'imagination tous les aspects de la vie, tous les reflets de la pensée, tous les rayons de l'ame. Il ne faut lui chercher, je ne dis pas un modèle, mais un objet de comparaison que dans l'Apocalypse de saint Jean ; il faut moins lui chercher des imitateurs heureux dans les siècles qui l'ont suivi, car c'est ici l'œuvre spéciale d'une époque, et l'homme de génie qui l'a conçue était à lui seul l'expression d'un siècle dont on ne peut séparer son individualité sans la mutiler. Ce qui a passé de lui dans des écrits modernes, comme le rêve du parricide, dans *les Voleurs*, comme la prosopopée désespérante de Jean-Paul, où Jésus-Christ vient révéler le néant éternel aux âmes innocentes des limbes, comme la vision incomparable du condamné, dans le roman psychologique de Victor Hugo, c'est une émanation locale, partielle, inextensible, incommunicable aujourd'hui, qui agit avec toute la puissance du principe dont elle est sortie, mais sur un point borné, dans une circonstance rare, et à travers un milieu insensible, ainsi que le feu d'un soleil qui s'éclipse, et qui enflamme encore la poudre à travers une lentille de glace. Le monde que la civilisation nous a fait n'en permet pas davantage.

Aussi la tradition révérée de *la Divine Comédie* n'a pas produit un ouvrage remarquable du même genre chez le peuple de la terre qui sait le mieux l'apprécier. Elle est restée comme un monument inviolable et inaccessible des temps reculés, à la frontière extrême de la littérature italienne, et le respect qui s'attache aux choses sacrées paraît la défendre à jamais de l'impuissante témérité des copistes. La nouvelle mine d'invention qu'exploitèrent tour à tour dans le même pays l'esprit, l'imagination, le génie, et puis cette industrie infaillible d'imitation qui s'attache partout à la suite des muses créatrices, et qui finit, dans les temps qu'on appelle classiques, par se parer de leurs couronnes, était commune à l'Europe entière, mais l'Italie avait seule encore le privilége d'imprimer à ses découvertes un sceau immortel, parce que sa langue était faite. Il lui appartenait d'enrichir nos chroniques et nos romans des beautés faciles d'une versification libre et gracieuse, et en les soumettant au mètre harmonieux de ses octaves, elle les affranchissait d'ailleurs du reproche le plus sérieux d'une critique maussade, qui tolérait jusqu'à nouvel ordre, par condescendance pour l'antiquité, les mensonges rythmiques. Pour se servir du langage familier de cette poésie, il serait aussi aisé de compter les étoiles du ciel et les sables de la mer que les épopées chevaleresques du plus ingénieux de tous les âges littéraires. Les curieux en conservent plus de cent qui sont antérieurs à l'Arioste, et que l'Arioste a fait oublier, comme Homère avait fait oublier les rapsodies de ses prédécesseurs inconnus. Quelle imagination, en effet, n'aurait pas pâli devant cette imagination prodigieuse qui asservissait, en se jouant, à ses combinaisons pleines de grâce, de fraîcheur et d'originalité, les traditions d'une histoire obscure, et les délicieuses rêveries d'une mythologie nouvelle, injustement négligée ? On a dit qu'Hésiode avait été nourri de miel par la main des filles du Pinde. Oh ! ce sont les fées qui ont nourri l'Arioste de quelque ambroisie plus enivrante, et qui ont communiqué à ses divins écrits l'invincible séduction de leurs enchantemens ! Comment douter de la magie, quand le poète, magicien lui-même, vous entraîne à son gré dans des espaces moins familiers à l'intelligence de l'homme que ceux où il a égaré l'hippogryphe, quand ses chants se ressentent d'une inspiration surnaturelle, et semblent provenir d'un autre monde? Pénétré de l'étude des anciens, il ne dédaigne pas d'enlever quelques lambeaux à leur dépouille; mais ce n'est jamais sans les assortir à l'air, à la physionomie de ses personnages, et à la libre allure de ses compositions. Il est encore indépendant quand il obéit, encore neuf quand il imite, et il ne se soumet à l'invention des autres qu'en satiété de ses propres inventions, dont la profusion le lasse et le rebute. C'est qu'il a dérobé l'écrin d'Alcine, où les trésors secrets des mines du Cattay, et que la pudeur de l'opulence lui enseigne à mêler de temps en temps des richesses plus vulgaires à celles dont il dispose avec trop de facilité. Après l'Arioste et ses faibles copistes, le fantastique ne se montra presque plus dans la littérature italienne, et rien ne se comprend mieux. C'est qu'il l'avait épuisé.

Qui croirait que cette muse de l'idéal, fille élégante et fastueuse de l'Asie, se réfugia long-temps sous les brumes de la Grande-Bretagne? Épouvantée peut-être des pompes mélancoliques du Nord dont le théisme lugubre l'avait portée jusqu'au trône d'Odin, et des vaporeuses fictions de l'Écosse, où la harpe du Barde ne se marie qu'au fracas des claymores et aux mugissemens des tempêtes, elle chercha bientôt à se reposer dans une de ces imaginations vives et riantes, qui avaient égayé de leurs chants voluptueux les premières fêtes de son berceau. Shakspeare vint, qui connaissait à peine dans l'enceinte de son île, *orbe toto divisa*, suivant l'expression de Virgile, les merveilles du monde physique, mais qui les avait aperçues dans quelque vision sublime, et qui comprenait les prodiges du royaume du soleil, comme s'il y eût été promené en songe dans les bras d'une fée ; car Shakspeare et la poésie, c'est la même chose. Spencer n'avait fait que lui tracer le chemin ; il l'élargit, le prolongea, l'embellit de spectacles nouveaux, le remplit, l'inonda de nouvelles figures, plus fraîches, plus aériennes, plus transparentes que les apparitions fugitives des rêves du matin ; il y mena les danses romantiques d'Obéron, de Titania, et des génies qui, d'un pied plus léger que celui de Camille, touchent aussi le gazon, sans le courber ; il y sema ces fleurs embaumées de parfums célestes qui s'ouvrent, aux tièdes chaleurs de l'aurore, pour recevoir le peuple nocturne des esprits, et se referment sur lui jusqu'au soir, comme des pavillons enchantés ; il répandit dans l'air des lumières inconnues, accorda des lyres célestes qui n'avaient jamais vibré à l'oreille des hommes, suspendit l'orchestre mélodieux d'Ariel aux branches émues de l'arbrisseau, cacha le nid invisible de Puck dans un bouton de rose, et fit sourdre de tous les pores de la terre, de tous les atômes de l'air, de toutes les profondeurs du ciel, un concert de voix magiques. Dans les innombrables couleurs de la palette, et dans cette multitude de remuantes sympathies que la parole ébranle jusqu'au fond de l'ame, tout appartient à Shakspeare. Quand son pinceau a fini de caresser les formes séduisantes d'un sylphe, c'est à lui seul qu'il est réservé de tracer les proportions gigantesques et grossières du gnome, sous les traits de Caliban, de déguiser le satyre antique sous l'attirail burlesque de Falstaff, et de suspendre le croquis de Michel-Ange au tableau délicieux du Corrège. Si Dante et l'Arioste ne vous ont pas encore offert toutes les conditions essentielles de l'individualité d'un demi-dieu, arrêtez-vous à celui-ci : *incessu patuit*.

Ce que tout le monde ne sait que trop de notre littérature nationale répond d'avance aux questions qu'on pourrait me faire sur les progrès qui y étaient promis au poème fantastique. Ce n'est pas sur le sol académique et classique de la France de Louis XIII et de Richelieu que cette littérature, qui ne vit que d'imagination et de liberté pouvait s'acclimater avec succès. Les mensonges brillans du génie y auraient été aussi mal reçus que la vérité. L'empire de la pensée y appartenait, de par la Sorbonne et Aristote, aux desservans d'une muse guindée, qui traînait avec privilége du roi sur le théâtre de la cour et dans le salons de l'hôtel de Rambouillet les oripeaux de l'antiquité travestie. Racine, inspiré sur ses vieux jours du génie des livres saints, osa bien, par exception, jeter dans un récit téméraire la grande figure du spectre de Jezabel, et Voltaire crut avoir poussé assez loin l'audace du chef d'une opposition sociale qui cherchait la nouveauté en tout, quand il eût fait hurler quelques alexandrins à travers un porte-voix par l'ombre tragique de Ninus. Nous avions eu nos chroniques et nos romans de chevalerie; mais ces respectables truchemens du moyen âge parlaient une langue surannée que personne n'était plus capable d'entendre, et les chevaliers de la table ronde attendirent longtemps pour obtenir à l'OEil-de-Bœuf quelque chose de l'accueil auquel ils avaient été accoutumés par Charlemagne, qu'un introducteur coquet eût substitué l'habit français à leur lourde armure de fer, et le talon rouge à leurs bruyans éperons. Les personnages ainsi accoutrés par M. de Tressan ressemblent à peu près à leur type héroïque et naïf, comme la lanterne du clown dans *le Songe d'une nuit d'été* ressemble au clair de la lune. Ce serait être injuste cependant que de refuser au grand siècle la seule palme qui eût manqué à ses triomphes si vantés, et bien qu'il l'ait outrageusement repoussée, l'avenir plus juste la lui décernera peut-être en compensation de la gloire avortée de Chapelain, et des admirations un peu amorties qui couronnèrent jadis le sonnet de Voiture, le triolet de Ranchin, et le madrigal de Saint-Aulaire. Cette production digne de faire époque dans les plus beaux âges littéraires, ce chef-d'œuvre ingénu de naturel et d'imagination qui fera longtemps le charme de nos descendans, et qui survivra sans aucun doute avec Molière, La Fontaine, et quelques belles scènes de Corneille, à tous les monumens du règne de Louis XIV, ce livre sans modèle que les imitations les plus heureuses ont laissé inimitable à jamais, ce sont les *Contes des Fées* de Perrault. La composition

n'en est pas exactement conforme aux règles d'Aristote, et le style
peu figuré n'a pas offert, que je sache, aux compilateurs de nos
rhétoriques beaucoup de riches exemples de descriptions, d'am-
plifications, de métaphores et de prosopopées; on aurait même
quelque peine, et je le dis à la honte de nos dictionnaires, à
trouver dans ces amples archives de notre langue des renseigne-
mens positifs sur certaines locutions inaccoutumées, qui, du moins
pour les étrangers, y attendent encore les soins de l'étymologiste
et du commentateur; je ne disconviéns pas qu'il en est dans le
nombre, comme : *Tirez la cordelette et la bobinette chéra,* qui
pourraient donner de graves soucis aux Saumaises futurs; mais ce
qu'il y a de certain, c'est que leurs innombrables lecteurs les com-
prennent à merveille, et il est visible que l'auteur a eu la modeste
bonhomie de ne pas travailler pour la postérité. Quel vif attrait
d'ailleurs dans les moindres détails de ces charmantes bagatelles,
quelle vérité dans les caractères, quelle originalité ingénieuse et
inattendue dans les péripéties ! quelle verve franche et saisissante
dans les dialogues ! Aussi, je ne crains pas de l'affirmer, tant qu'il
restera sur notre hémisphère un peuple, une tribu, une bourgade,
une tente où la civilisation trouve à se réfugier contre les invasions
progressives de la barbarie, il sera parlé aux lueurs du foyer solitaire
de l'Odyssée aventureuse du *Petit Poucet,* des vengeances conju-
gales de la *Barbe Bleue,* des savantes manœuvres du *Chat Botté;*
et l'Ulysse, l'Othello, le Figaro des enfans vivront aussi long-
temps que les autres. S'il y a quelque chose à mettre en comparaison avec la perfection sans tache de ces épopées en miniature,
si l'on peut opposer quelques idéalités plus fraîches encore aux
charmes innocens du Chaperon, aux grâces espiègles de Finette et
à la touchante résignation de Griselidis , c'est chez le peuple lui-
même qu'il faut chercher ces poèmes inaperçus, délices tradi-
tionnelles des veillées du village, et dans lesquels Perrault a judi-
cieusement puisé ses récits. Je ne disconviens pas qu'on a
savamment disserté de nos jours sur les *Contes des Fées,* qu'on a
voulu en trouver l'origine bien loin, et qu'il ne tient qu'à nous de
croire sur la foi des érudits que *Peau d'Ane* est une importation

de l'Arabie, que *Riquet à la Houpe* n'exercerait pas le droit de fief sur ses vieux domaines, sans un titre d'investiture timbré au nom de l'Orient, et que la galette et le pot à beurre, malgré leur fausse apparence de localité, nous furent apportés un beau matin par quelque autre Sindbad, sur les épaules d'un afrite, du pays des *Mille et une Nuits*. On nous a tellement accoutumés à l'imitation, depuis l'établissement de cette dynastie aristotélique, dont nous sommes encore gouvernés du haut de l'Institut, qu'il est à peu près reçu en dogme littéraire qu'on n'invente rien en France, et il est probable que l'Institut ne manque pas de bonnes raisons pour nous engager à le croire. Ma soumission à ses arrêts ne saurait aller jusque là. Nos fées bienfaisantes à la baguette de fer ou de coudrier, nos fées rébarbatives et hargneuses à l'attelage de chauve-souris, nos princesses tout aimables et toutes gracieuses, nos princes avenans et lutins, nos ogres stupides et féroces, nos guerriers pourfendeurs de géans, les charmantes métamorphoses de l'Oiseau bleu, les miracles du Rameau d'or, appartiennent à notre vieille Gaule comme son ciel, ses mœurs et ses monumens trop long-temps méconnus. C'est porter bien loin le mépris d'une nation spirituelle qui s'est élancée si avant de son propre mouvement dans toutes les routes de la civilisation, que de lui contester le mérite d'invention nécessaire pour mettre en scène les héros de la bibliothèque bleue. Si le fantastique n'avait jamais existé chez nous, de sa nature propre et inventive, abstraction faite de toute autre littérature ancienne ou exotique, nous n'aurions pas eu de société, car il n'y a jamais eu de société qui n'eût le sien. Les excursions des voyageurs ne leur ont pas montré une famille sauvage qui ne racontât quelques étranges histoires, et qui ne plaçât, dans les nuages de son atmosphère ou dans les fumées de sa hutte, je ne sais quels mystères, surpris au monde intermédiaire par l'intelligence des vieillards, la sensibilité des femmes et la crédulité des enfans. Que ne se sont-ils assis quelquefois, les orientalistes passionnés qui nous dérobent les fables de nos nourrices pour en faire hommage aux coryphées des almées et des bayadères, sous le chaume du paysan, ou près de la baraque nomade du bûcheron, ou à la

veillée parlière des teilleuses, ou dans la joyeuse écraigne des ven-
dangeurs ! Loin d'accuser Perrault de plagiat, ils se plaindraient
peut-être de la parcimonie avare avec laquelle il a distribué à
nos aïeux ces surprenantes chroniques des âges qui n'ont pas
été et qui ne seront jamais, si actuelles et si vivantes encore
dans la mémoire de nos trouvères de hameaux ! Que de belles nar-
rations ils auraient entendues, empreintes, avec tant de vivacité,
des coutumes, des mœurs et des noms du pays, que l'étymologiste le plus intrépide est obligé, en les écoutant, de s'arrêter pour
la première fois à la source incontestable des inventions et des
choses, et qu'il ne lui est jamais arrivé d'en demander compte
dans sa pensée à une autre nature et à une autre société! Depuis
la vieille femme sentimentale, rêveuse et peut-être un peu sorcière, qui s'est avisée la première d'improviser ces fabliaux poé-
tiques, aux clartés flambantes d'une bourrée de genevrier sec,
pour endormir l'impatience et les douleurs d'un pauvre petit enfant malade, ils se sont répétés fidèlement, de génération en génération, dans les longues soirées des fileuses, au bruit monotone
des rouets, à peine varié par le tintement du fer crochu qui four-
gonne la braise, et ils se répéteront à jamais, sans qu'un nouveau
peuple s'avise de nous les disputer; car chaque peuple a ses histoires, et la faculté créatrice du conteur est assez féconde en tout
pays pour qu'il n'ait pas besoin d'aller chercher au loin ce qu'il
possède en lui-même, aussi bien que les guiriots et les calenders.
Le penchant pour le merveilleux, et la faculté de le modifier, suivant certaines circonstances naturelles ou fortuites, est inné dans
l'homme. Il est l'instrument essentiel de sa vie imaginative, et
peut-être même est-il la seule compensation vraiment providentielle
des misères inséparables de sa vie sociale.

L'Allemagne a été riche dans ce genre de créations, plus riche
qu'aucune autre contrée du monde, sans en excepter ces heureux
levantins, les suzerains éternels de nos trésors, à l'avis des anti-
quaires. C'est que l'Allemagne, favorisée d'un système particulier
d'organisation morale, porte dans ses croyances une ferveur d'i-
magination, une vivacité de sentimens, une mysticité de doc-

trines, un penchant universel à l'idéalisme, qui sont essentiellement propres à la poétique fantastique ; c'est aussi que, plus indépendante des conventions routinières et du despotisme gourmé d'une oligarchie de prétendus savans, elle a le bonheur de se livrer à ses sentimens naturels sans craindre qu'ils soient contrôlés par cette douane impérieuse de la pensée humaine qui ne reçoit les idées qu'au poids et au sceau des pédans. Cette individualité méditative, impressionnable et originale qui caractérise ses habitans, se manifeste de temps immémorial dans les innombrables monumens de sa bibliothèque fantastique, et là, au contraire de nos habitudes littéraires où tout est subordonné à l'aristocratie de l'esprit, c'est la popularité qui consacre le succès. L'Allemagne jouit encore, sous ce rapport, des mêmes franchises qu'au siècle de Goëtz de Berliching. Elle en est redevable à cette multitude de circonscriptions locales et d'usages particuliers qui ont maintenu en elle la précieuse ingénuité des peuples primitifs, qui l'ont sauvée de l'avidité dévorante de cette monstrueuse Méduse de la centralisation, dont les bras inertes pour tout autre usage que pour prendre ne s'occupent qu'à rassasier l'insatiable faim de la Gorgone, et qui la maintiendront jusqu'à la fin de notre civilisation actuelle, quoi qu'en disent nos théoriciens de clubs et de cafés, au premier rang des nations libres. Depuis la belle histoire de *Faust*, admirablement poétisée par Goëthe, qui n'a rien ajouté d'ailleurs à l'idéalité philosophique de l'invention, depuis la profonde allégorie de l'aventurier qui a vendu son ame au diable, et que le dernier rapsode qui l'a recueillie n'a fait que réduire aux formes naines du roman, l'Allemagne a été jusqu'à nos jours le domaine favori du fantastique. Elle a complété l'histoire psychique de l'homme, si magnifiquement ouverte dans *la Genèse* par l'emblème vraiment divin de l'arbre de la science et des séductions du serpent. Faust est l'Adam du paradis terrestre, parvenu à se croire égal à Dieu. Le *Rêve* de Jean-Paul est le dénouement solennel de ce triste drame, et cette autre apocalypse, le terrible mot de l'énigme de notre vie matérielle. Hors de ces trois fables, il n'y a point de vérité absolue sur la terre.

Les malheurs toujours croissans de la nouvelle société présageaient si visiblement sa ruine prochaine, que la trompette de l'ange des derniers jours ne l'annoncera pas plus distinctement à la génération condamnée. De ce moment, le fantastique fit irruption sur toutes les voies qui conduisent la sensation à l'intelligence; et voilà comment il est entré, malgré Aristote, Quintilien, Boileau, La Harpe et je ne sais qui, dans le drame, dans l'élégie, dans le roman, dans la peinture, dans tous les jeux de l'esprit, comme dans toutes les passions de l'ame. Et alors ce fut un cri d'aigre et ignorante colère contre l'invasion inopinée qui menaçait les belles formes du classique; et on ne comprit pas qu'il y avait encore une forme plus large, plus universelle, plus irréparable, qui allait finir; que cette forme, c'était celle d'une civilisation usée, dont le classique n'est que l'expression partielle, momentanée, indifférente, et qu'il n'était pas étonnant que le lien puéril des sottes unités de la rhétorique se relâchât, quand l'immense unité du monde social se rompait de toutes parts.

Parmi les hommes d'élection qu'un instinct profond de génie a jeté, dans ces derniers temps, à la tête des littératures, il n'en est point qui n'ait senti l'avertissement de cette muse d'une société qui tombe, et qui n'ait obéi à ses inspirations, comme à la voix imposante d'un mourant dont la fosse est déjà ouverte. L'école romanesque de Lewis, l'école romantique des Lackistes, et, par-dessus tout, ces grands maîtres de la parole, Byron, et Walter Scott, et Lamartine, et Hugo, s'y sont précipités à la recherche de la vie idéale, comme si un organe particulier de divination, que la nature a donné au poète, leur avait fait pressentir que le souffle de la vie positive était près de s'éteindre dans l'organisation caduque des peuples. Je n'ai pas nommé parmi eux M. de Châteaubriand, qui est resté, par conscience et par choix, au terme de l'ancien monde, comme la pyramide dans les sables de l'Égypte, comme l'arche du déluge sur le sommet de l'Ararath, comme les colonnes d'Hercule sur le rivage des mers inconnues. Walter Scott, enchaîné aussi par des souvenirs, des études et des affections, a placé un peu plus loin, mais non avec plus de solidité et de puissance, les bases de sa renommée à venir, entre les deux sociétés. C'est un phare qui jette indistinctement quelques lueurs sur le port, quelques lueurs sur l'abîme. L'abîme! Byron s'y est perdu à toutes voiles, et nul regard d'homme n'a pu l'y suivre.

Le fantastique de l'Allemagne est plus populaire, et cela s'explique, je le répète, par une longue fidélité à des mœurs de tradition, à des institutions sorties du pays, et souvent défendues et sauvées au prix du sang des citoyens; à un système d'études plus général, mieux entendu, mieux approprié aux besoins du temps. Cela s'explique surtout par une répugnance prononcée pour les innovations purement matérielles, et dans lesquels le principe intelligent et moral des nations n'a rien à gagner. Ce peuple, qui a touché aux bornes de toutes les sciences, qui a produit presque toutes les inventions essentielles dont l'impulsion a complété la civilisation de l'Europe, et qui s'occupe délicieusement, dans la douce possession d'une liberté sans faste, aux contemplations sédentaires de l'astronomie et à l'enrichissement des nomenclatures naturelles, méritait de conserver long-temps le goût innocent et sensé des contes d'enfant. Grâces soient rendues à Musœus, à Tieck, à Hoffmann (¹), dont les heureux caprices, tour à tour mystiques ou familiers, pathétiques ou bouffons, simples jusqu'à la trivialité, exaltés jusqu'à l'extravagance, mais remplis partout d'originalité, de sensibilité et de grâce, renouvellent pour les vieux jours de notre décrépitude les fraîches et brillantes illusions de notre berceau. Leur lecture produit sur une ame fatiguée des convulsions d'agonie de ces peuples inquiets qui se débattent

---

(¹) Un de nos libraires les plus intelligens, M. Eugène Renduel, publie une traduction complète d'Hoffmann, qui doit toucher à sa fin, et qui tiendra lieu de l'original aux personnes qui n'ont pas le bonheur de le lire dans l'allemand. On sait combien cette belle langue, si riche d'ailleurs de mots, de formes elliptiques et de mouvemens vagues et passionnés, est difficile à représenter fidèlement dans la nôtre. Il ne me conviendrait pas de dire ici avec quel bonheur le savant et spirituel interprète d'Hoffmann a saisi les finesses les plus imperceptibles de sa pensée, et les allures les plus capricieuses de sa composition, dont le caractère n'est pas moins fantastique que le choix de ses sujets. Les lecteurs de la *Revue* auront pu en juger par quelques fragmens très-remarquables signés de M. Loève-Veimars.

contre une crise inévitable, l'effet d'un sommeil serein, peuplé de songes attrayans qui la bercent et la délassent. C'est la fontaine de Jouvence de l'imagination.

En France, où le fantastique est aujourd'hui si décrié par les arbitres suprêmes du goût littéraire, il n'était peut-être pas inutile de chercher quelle avait été son origine, de marquer en passant ses principales époques, et de fixer à des noms assez glorieusement consacrés les titres culminans de sa généalogie; mais je n'ai tracé que de faibles linéamens de son histoire, et je me garderai bien d'entreprendre son apologie contre les esprits doctement prévenus qui ont abdiqué les premières impressions de leur enfance pour se retrancher dans un ordre d'idées exclusif. Les questions sur le fantastique sont elles-mêmes du domaine de la fantaisie. Dieu me garde de réveiller, à leur sujet, les misérables disputes des scolastiques des derniers siècles, et de transporter une querelle théologique sur le terrain de la littérature, dans l'intérêt de la grâce des féeries et du libre arbitre de l'esprit! Ce que j'ose croire, c'est que si la liberté dont on nous parle n'est pas, comme je l'ai craint quelquefois, une déception de jongleurs, ses deux principaux sanctuaires sont dans la croyance de l'homme religieux et dans l'imagination du poète. Quelle autre compensation promettrez-vous à une ame profondément navrée de l'expérience de la vie, quel autre avenir pourra - t - elle se préparer désormais dans l'angoisse de tant d'espérances déchues, que les révolutions emportent avec elles, je le demande à vous, hommes libres qui vendez aux maçons le cloître du cénobite, et qui portez la sape sous l'ermitage du solitaire, où il s'était réfugié à côté du nid de l'aigle? Avez-vous des joies à rendre aux frères que vous repoussez qui puissent les dédommager de la perte d'une seule erreur consolante, et vous croyez-vous assez sûrs des vérités que vous faites payer si cher aux nations, pour estimer leur aride amertume au prix de la douce et inoffensive rêverie du malheureux qui se rendort sur un songe heureux? Cependant tout jouit chez vous, il faut le dire, d'une liberté sans limites, si ce n'est la conscience et le génie. Et vous ne savez pas que votre marche triomphante à travers les idées d'une génération vaincue n'a toutefois pas tellement enveloppé le genre humain qu'il ne reste autour de vous quelques hommes qui ont besoin de s'occuper d'autre chose que de vos théories, d'exercer leur pensée sur une progression imaginaire, sans doute, mais qui ne l'est peut-être pas plus que votre progression matérielle, et dont la prévision n'est pas moins placée que celle des tentatives de votre perfectionnement social sous la protection des libertés que vous invoquez! Vous oubliez que tout le monde a reçu comme vous, dans l'Europe vivante, l'éducation d'Achille, et que vous n'êtes pas les seuls qui ayiez rompu l'os et les veines du lion pour en sucer la moelle et pour en boire le sang! Que le monde positif vous appartienne irrévocablement, c'est un fait, et sans doute un bien; mais brisez, brisez cette chaîne honteuse du monde intellectuel, dont vous vous obstinez à garotter la pensée du poète. Il y a long-temps que nous avons eu, chacun à notre tour, notre bataille de Philippes; et plusieurs ne l'ont pas attendue, je vous jure, pour se convaincre que la vérité n'était qu'un sophisme, et que la vertu n'était qu'un nom. Il faut à ceux-là une région inaccessible aux mouvemens tumultueux de la foule pour y placer leur avenir. Cette région, c'est la foi pour ceux qui croient, l'idéal pour ceux qui songent, et qui aiment mieux, à tout compenser, l'illusion que le doute. Et puis il faudrait bien, après tout, que le fantastique nous revînt, quelques efforts qu'on fasse pour le proscrire. Ce qu'on déracine le plus difficilement chez un peuple, ce ne sont pas les fictions qui le conservent : ce sont les mensonges qui l'amusent.

Cʜ. Nᴏᴅɪᴇʀ.

www.ingramcontent.com/pod-product-compliance
Ingram Content Group UK Ltd.
Pitfield, Milton Keynes, MK11 3LW, UK
UKHW021716090726
13657UKWH00005B/2273